J'apprends à lire
avec Sami et Julie

Début de CP

Sami à l'école

Texte
Isabelle Albertin

Illustrations
Thérèse Bonté

D1561382

hachette
ÉDUCATION

Avec Sami et Julie, lire est un plaisir !

Avant de lire l'histoire

- Parlez ensemble du titre et de l'illustration en couverture, afin de préparer la compréhension globale de l'histoire.
- Vous pouvez, dans un premier temps, lire l'histoire en entier à votre enfant, pour qu'ensuite il la lise seul.
- Si besoin, proposez les activités de préparation à la lecture aux pages 4 et 5. Elles permettront de déchiffrer les mots les plus difficiles.

Après avoir lu l'histoire

- Parlez ensemble de l'histoire en posant les questions de la page 30 : « As-tu bien compris l'histoire ? »
- Vous pouvez aussi parler ensemble de ses réactions, de son avis, en vous appuyant sur les questions de la page 31 : « Et toi, qu'en penses-tu ? »

Bonne lecture !

Conception de la couverture : Mélissa Chalot
Réalisation de la couverture : Sylvie Fécamp
Maquette intérieure : Mélissa Chalot
Mise en pages : Typo-Virgule
Édition : Laurence Lesbre

ISBN : 978-2-01-712317-0
© Hachette Livre 2020.

Achevé d'imprimer en Novembre 2019 en Espagne par Unigraf
Dépôt légal : Novembre 2019 - Édition 01 - 19/3065/8

Les personnages de l'histoire

Tom

Madame Alfa

Sami

Zoé

1. Montre le dessin quand tu entends le son (é) comme dans le mot é̲cole.

2. Montre le dessin quand tu entends le son (è) comme dans le mot ha̲i̲e.

3. Lis ces syllabes.

| sa | mi | él | lè | ve | vè |

| si | prè | de | riè | re | per |

4 Lis ces mots-outils.

est un de le et

il la sur il alors

5 Lis les mots de l'histoire.

élève

la date

stylos

matériel

table

livre

Sami est un élève

de CP.

Il est assis près de Zoé.

9

Tom est derrière lui.

Il le perturbe et rit.

Tu n'es pas drôle !

Zut !

Sami n'a pas de stylo...

– Madame Alfa

est sévère, l'alerte Tom.

Alors Sami supplie Zoé :

– Tu me le prêtes ?

– Madame !

Sami et Zoé bavardent !

rapporte Nina.

– As-tu un problème ?

dit madame Alfa.

– Il y a du matériel

sur la table là-bas,

rappelle-t-elle à Sami.

stylos

Sami est rassuré !

Il forme des lettres

et note la date.

– Bravo, Sami !

dit madame Alfa.

As-tu bien compris l'histoire ?

1 En quelle classe est Sami ?

2 Qui est assis à côté de Sami ?

3 Que manque-t-il dans la trousse de Sami ?

4 Qui aide Sami ?

5 Où Sami peut-il trouver un stylo ?

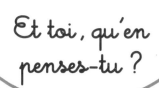

Et toi, qu'en penses-tu ?

À côté de qui es-tu assis(e) en classe ?

Est-ce que tu trouves que madame Alfa est sévère ?

Est-ce que tu prêtes ton matériel à tes ami(e)s ?

À ton avis, est-ce que c'est bien de rapporter ?

As-tu déjà eu un problème en classe comme Sami ? Raconte.

As-tu lu tous les Sami et Julie ?

Niveau 1

Début de CP

Niveau 2

Milieu de CP

Niveau 3

Fin de CP

Niveau CE1